내 사랑
그대에게

내 사랑
그대에게

초판 1쇄 발행 | 2026년 02월 20일

엮은이 | 박연강

발행인 | 김선희 · 대 표 | 김종대
펴낸곳 | 도서출판 매월당
책임편집 | 박옥훈 · 디자인 | 심서령 · 마케터 | 양진철 · 김용준

등록번호 | 388-2006-000018호
등록일 | 2005년 4월 7일
주소 | 경기도 부천시 소사구 중동로 71번길 39, 109동 1601호
　　　 (송내동, 뉴서울아파트)
전화 | 032-666-1130 · 팩스 | 032-215-1130

ISBN 979-11-7029-264-7 (03800)

내 사랑
그대에게

박연강 엮음

매월당

그대 마음에 오래 머물 문장 하나를 소망하며

시를 읽고 옮겨 적는다는 것은 한 편의 시를 더 오래 붙들고 가까이 들여다보겠다는 마음이며, 낯선 언어의 물결 속에서 사람의 마음을 건져 올리는 일입니다. 눈으로 스치듯 읽고 지나치기엔 아쉬운 문장들, 가슴속에 한 줄쯤 남기고 싶은 세계의 시들이 이 책에 담겨 있습니다.

서로 다른 시간과 공간에서 태어난 좋은 시들을 모은 이 책은 단순히 시를 소개하는 데 그치지 않고 그 시들을 옮겨 적을 수 있도록 만들었습니다. 한 줄 한 줄, 낯선 언어로 쓰인 문장을 우리말로 옮기고, 그 문장을 따라 쓰며, 우리는 어떤 시인의 삶과 언어, 감정과 침묵을 손끝으로 더듬게 됩니다. 언어가 달라도 마음은 닿을 수 있다는 것을, 나라는 달라도 시는 이어진다는 것을 이 책이 보여주기를 바랍니다.

왜 굳이 손으로 따라 써야 할까요? 시를 필사筆寫한다는 건 단순히 베껴 쓰는 일이 아닙니다. 시를 눈과 입으로 읽는 것과 손으로 옮겨 쓰는 일 사이에는 생각보다 깊은 차이가 있습니다. 필사는 감상의 행위이면서 동시에 사유의 과정입니다. 한

자 한 자 옮기며 우리는 단어의 숨결과 문장의 체온을 느낍니다. 시는 그제야, 읽는 이를 통과해 '내 것'이 되어갑니다.

독일, 영국, 프랑스, 미국, 러시아, 인도 등 언어도, 문화도, 시간도 다른 이들의 시가 이 책 안에서 당신의 손끝을 기다립니다. 그들이 쓴 시를 당신이 다시 써 내려가는 순간, 그대는 과거와 현재, 타인과 나, 세계와 마음의 경계를 조용히, 그러나 분명히 건너고 있을 것입니다.

시란 무엇일까요? 시간을 건너는 언어이자 공감이라는 다리 위를 걷는 마음입니다. 이 책《내 사랑 그대에게》는 시를 사랑하는 사람은 물론, 언어를 느끼고 싶은 이, 마음을 들여다보는 시간을 갖고 싶은 모든 이들을 위한 책입니다. 빠르게 소비되는 문장들 사이에서, 이 책은 '천천히 써보는 한 줄'의 힘을 다시 한번 일깨워줄 것입니다. 더불어 필사를 통해 어느새 낯선 언어의 시가 자신의 내면에 와닿는 순간을 경험하게 될 것입니다.

02 슬픔은 오랜 그리움

03 내 마음에 내리는 눈물

05 시의 향기 속으로

01

너는 한 송이 꽃과 같이

그리움을 아는 사람만이

J. W. 괴테

그리움을 아는 사람만이

내 마음의 슬픔을 알아줍니다.

홀로

이 세상의 모든 기쁨을 등지고

머언 하늘을 바라봅니다.

아, 나를 사랑하고 나를 알아주던 사람은

지금 먼 곳에 있습니다.

눈은 어지럽고

가슴은 찢어집니다.

그리움을 아는 사람만이

내 마음의 슬픔을 알아줍니다.

J. W. 괴테(1749~1832)

독일의 시인, 소설가, 극작가, 사상가이며 독일 문학의 거장이자 세계문학의
대표적 인물이다. 그는 젊은 시절부터 문학에 뛰어난 재능을 보였고, 청년기
의 감정과 열정을 표현한 작품 《젊은 베르테르의 슬픔》으로 유럽 전역에 이
름을 알렸다. 이후 철학자 실러와 함께 인간 정신의 조화와 완성을 추구하는
고전주의적 이상을 발전시켰다. 그의 사상은 독일 낭만주의, 실존주의, 심리
학, 문학 이론에 지대한 영향을 미쳤고, '파우스트적 인간상'은 이후 니체, 토
마스 만, 카뮈 등 많은 사상가와 작가에게 영감을 주었다.

내가 너를 사랑하고 있는지는

J. W. 괴테

내가 너를 사랑하고 있는지는 나도 모른다.

단 한 번 네 얼굴을 보기만 하면

단 한 번 네 눈을 보기만 하면

내 마음은 괴로움의 흔적이 사라진다.

얼마나 즐거운 기분인가는

하느님만 알고 있을 뿐,

내가 너를 사랑하고 있는지는 나도 모른다.

누군가는 이렇게 말한다.

'기쁨은 슬픔보다 위대한 것'이라고

또 누군가는 이렇게 말한다.

'아니 슬픔이야말로 위대한 것'이라고

하지만 나는 말하노라.

이 둘은 결코 떨어질 수 없는 것

이들은 함께 오는 것.

그중의 하나가 홀로

그대의 식탁 곁에 앉을 때면 잊지 말라.

이별

J. W. 괴테

입으로는 차마 말할 수 없는 이별을
내 눈으로 말하게 하여 주십시오
견딜 수 없는 이별의 서러움이 넘치오
그래도 사나이라고 뽐냈지만

그대 사랑의 선물마저
이제는 슬픔의 씨앗이 되었고
차갑기만 한 그대의 입맞춤
힘없이 내미는 그대의 손이여

살며시 훔친 그대의 입술
아 지난날은 얼마나 황홀했던가
이른 봄 들판에서 꺾어온
그 사랑스러운 제비꽃을 닮았으나

이제는 그대를 위해 꽃다발을 엮거나
장미꽃을 꺾을 수조차 없게 되었으니
아아 지금은 정녕 봄이라는데
내게는 쓸쓸하기 그지없는 가을이라오.

첫사랑

J. W. 괴테

아, 누가 돌려주랴, 그 아름다운 날

첫사랑의 날을.

아, 누가 돌려주랴, 그 아름다운 시절의

그 사랑스러운 때를.

쓸쓸히 나는 상처를 달래고,

끊임없이 되살아나는 슬픔에

잃어버린 행복을 슬퍼한다.

아, 누가 돌려주랴, 그 아름다운 나날

첫사랑 그 즐거운 때를.

나그네의 밤 노래

J. W. 괴테

모든 산봉우리 위에

안식이 있고

나뭇가지에도 바람 소리 하나 없으니

새들도 숲속에 잠잔다.

잠시만 기다려라

그대 또한 쉬리니.

나그네의 밤 노래

가을날

R. M. 릴케

주여, 때가 왔습니다. 여름은 참으로 위대했습니다.

해시계 위에 당신의 그림자를 얹으시고,

들판엔 많은 바람을 놓아주소서.

마지막 열매들을 영글게 하시고,

그들에게 이틀만 더 남국의 햇볕을 주시어,

열매를 온전히 무르익게 하시고

진한 포도주에 마지막 단맛이 스미게 하소서.

지금 집이 없는 사람은 집을 짓지 않습니다.

지금 고독한 사람은 이후로도 오래 고독하게 살아,

잠자지 않고, 읽고, 그리고 긴 편지를 쓸 것입니다.

바람이 불어 나뭇잎이 날릴 때 불안스레

이리저리 가로수 사이를 헤맬 것입니다.

R. M. 릴케(1875~1926)

20세기 초 유럽 시문학을 대표하는 독일 시인으로, '존재의 시인', '영혼의 탐구자'로 불린다. 그의 시는 인간의 고독, 사랑, 죽음, 예술, 신과의 관계를 깊이 탐구하며 언어를 통한 영적 변형의 과정을 보여준다. 유럽 여러 도시를 떠돌며 예술가, 사상가들과 교류했는데, 특히 로댕과의 만남이 그의 시 세계에 결정적인 영향을 주었다.

내 눈을 꺼주소서

R. M. 릴케

내 눈을 꺼주소서 - 그래도 나는 당신을 볼 수 있습니다.

내 귀를 막아주소서 - 그래도 나는 당신의 목소리를 들을 수 있습니다.

내 발을 끊어도, 나는 당신께 갈 수 있고,

내 입을 닫아도, 나는 당신을 부를 수 있습니다.

내 팔을 부러뜨리셔도,

나는 심장으로 당신을 붙잡겠습니다.

내 숨결로, 내 영혼으로,

당신을 껴안겠습니다.

그러나 나를 당신에게서 밀어내지 마소서.

내가 산산이 부서진다 해도,

나는 여전히 당신의 것입니다.

사랑의 노래

R. M. 릴케

그대를 사랑하지 않는다면

어떻게 나를 사랑할 수 있을까요

오직 그대를 사랑하는 내 마음은

영원히 변하지 않을 것입니다

오! 한 줄기 빛도 비치지 않는

어두운 암흑 속에서도

나는 그대를 바라볼 수 있습니다

내 영혼의 눈길로

그대와 나는 바이올린의 현처럼

서로 공명하면서 아름다운 음악을 연주하고 있습니다

그런데 어느 음악가가 우리를 연주하고 있는 것일까요

오, 달콤한 사랑의 노래여!

밤의 꽃

J. 아이헨도르프

밤은 고요한 바다와 같다.

기쁨과 슬픔, 그리고 사랑의 고뇌가

얼기설기 뒤엉켜 느릿느릿하게

물결을 몰아치고 있다.

온갖 희망은 구름과 같이

고요히 하늘을 흘러가는데,

그것이 회상인지, 또는 꿈인지

여린 바람 속에서 그 누가 알랴.

별들을 향하여 하소연하고 싶다.

가슴과 입을 막아버려도

마음속에는 여전히 희미하게

잔잔한 물결 소리가 남아 있다.

J. 아이헨도르프(1788~1857)

독일의 시인이자 소설가이다. 후기 낭만주의 시대에 활동했으며 그의 서정
시는 다른 낭만파 시인에 비해 기교가 덜하다. 민요로부터 영향을 받은 간명
하고 소박한 격조로, 부르기 쉬운 음악적 어구로 되어 있다. <월야>, <망가진
반지> 등은 많은 작곡가에 의해 가곡으로 만들어졌다.

그리움

실러

아아 싸늘한 안개가 드리운

이 골짜기에서 빠져나가는

길을 찾아낼 수만 있다면

그 얼마나 행복하랴

저 멀리 아름다운 언덕이 보이나니

언제나 신선하고 언제까지나 푸른 빛인 언덕

날개가 있다면 깃이 있다면

나는 저 언덕으로 날아가련만.

아름다운 음악이 들려 오나니

천국의 달콤한 안식의 노래여라.

그리고 산들바람은 내게

향긋한 냄새를 보내주고 있다.

황금빛 열매가 빛나는 것이 보이고

어스름한 나무 사이에서 나를 부르나니

저기 피어 있는 꽃들은

겨울이 와도 시들지 않는다.

아아 저기 무한한 햇빛 속에는

얼마나 경이로운 일이 펼쳐지고 있을까

저 높은 곳에 부는 바람

아아 그 얼마나 시원스러운가.

하지만 거센 물결이 나를 가로막고

성내어 떠들고 있다.

그 물결이 높이 넘실거리며

내 마음에 두려움을 안겨준다.

흔들리는 한 척의 조각배가 보이지만

아아 거기에 뱃사공은 없구나.

용감하게 올라타라 주저하지 말고

돛은 팽팽하게 바람을 안고 있다.

믿고 행하기만 하면 그것으로 족하니

신은 우리에게 보장해 주지 않는다.

오로지 놀라움만이 너를 태우고

아름다운 저 나라로 실어다 주리라.

F. 실러(1759~1805)

독일 고전주의 극작가이자 시인, 철학자, 역사가, 문학이론가이다. 괴테와 함께 독일 고전주의의 2대 문호로 일컬어진다. 그의 작품들은 인간의 자유와 존엄성을 바탕으로 하여, 1800년대와 1848년 혁명기 독일인들의 자유를 얻기 위한 투쟁에 많은 영향을 끼쳤다.

너는 한 송이 꽃과 같이

H. 하이네

너는 한 송이 꽃과 같이

참으로 귀엽고 예쁘고 깨끗하여라,

너를 보고 있으면 서러움이

나의 가슴속까지 스며든다.

하느님이 언제까지나 너를 이대로

밝고 곱고 귀엽게 지켜주시기를

네 머리 위에 두 손을 얹고

나는 빌고만 싶어진다.

H. 하이네(1797~1856)

유대계 독일의 시인이자 작가, 기자, 문학 평론가다. 신랄한 풍자와 비판의
식, 허무주의적 경향이 강한 시와 사설을 남겼으며, 독일 정부의 미움을 받아
추방되기도 했다. 괴테와 더불어 독일이 낳은 세계적인 시인이다.

눈부시도록 아름다운 오월에

H. 하이네

모든 봉오리마다

꽃으로 피는

눈부시도록

아름다운 오월에

나의 마음속에

사랑은 꽃피었네.

모든 새들이

노래를 터뜨리는

눈부시도록

아름다운 오월에

그리운 마음

아쉬운 마음

나는 그녀에게

고백했었네.

노래의 날개 위에

H. 하이네

노래의 날개 위에,

사랑하는 그대를 태우고

갠지스 강가의 풀밭으로 가자

그곳은 내가 아는 가장 아름다운 곳.

고요히 흐르는 달빛 아래

장미가 만발한 정원이 있고

연못의 연꽃들은

사랑스러운 누이를 기다린다.

제비꽃들은 서로서로 미소 지으며

별을 보며 소곤거리고

장미꽃들은 서로 정겹게

향기로운 동화를 속삭인다.

깡충거리며 뛰어나와 귀를 쫑긋거리는

온순하고 영리한 영양들

멀리 귓가에 들려 오는

강물의 맑은 잔물결 소리

그 정원의 종려나무 아래

우리 나란히 누워

사랑과 안식의 술잔을 나누고

행복한 꿈을 꾸자꾸나.

이 깊은 상처를

H. 하이네

내 마음의 깊은 상처

저 아름다운 꽃이 알기만 한다면

내 아픔 달래주기 위해

나와 함께 눈물을 흘려주련만

내 간절한 슬픔

저 꾀꼬리가 안다면

즐겁게 지저귀어 내 외로움

풀어줄 수도 있으련만

나의 이 탄식

저 별이, 황금빛 별이 알기만 한다면

저 높은 곳에서 내려와

조용히 위로해 주련만

하지만 나의 슬픔 아는 이 없네

알아줄 사람은 오직 한 사람

내 가슴을 손톱으로

아프게 찢어 놓은 오직 한 사람

로렐라이

H. 하이네

알 수 없는 일이다,

옛날부터 전해오는 이야기 하나

잊히지 않고

나를 슬프게 하는지.

바람은 차고 날은 저무는데,

라인강은 고요히 흐르고,

산봉우리 위에는

저녁 햇살이 빛난다.

저 건너 언덕 위에는 놀랍게도

선녀처럼 아름다운 아가씨 앉아,

금박의 장신구를 번쩍이며,

황금빛 머리칼을 빗어 내린다.

황금의 빗으로 머리 빗으며,

그녀는 노래를 부른다.

기이하게 사람을 유혹하는

선율의 노래를.

조그만 배에 탄 뱃사공은

걷잡을 수 없는 비탄에 사로잡혀

암초는 바라보지 않고

언덕 위만 바라보네.

마침내는 물결이 조그만 배와 함께

뱃사공을 삼켜버리리라.

로렐라이가 그녀의 노래로

그렇게 했던 것처럼.

아름다운 사람

H. 헤세

장난감을 받고서 그것을 바라보고 껴안고,

그리곤 부숴버리는, 다음 날이면 벌써 그걸 준 사람을

전혀 생각하지 않는 아이처럼

그대는 내가 드린 내 마음을, 고운 장난감처럼,

조그만 손으로 장난하듯이 쥐고서

그 마음이 쓰리고 고통당하는 것을 알지 못하네

H. 헤세(1877~1962)

독일계 스위스인이며 시인, 소설가, 화가이다. 우리나라에서 널리 알려진 외국 작가 중 한 명이며, 특히 우리가 매우 사랑하는 《데미안》은 젊은이의 자기 탐색과 내면 변화, 상징성 등이 두드러지는 작품으로 평가받고 있다. 1946년에 《유리알 유희》로 노벨 문학상을 수상했다.

편지

H. 헤세

서쪽에서 바람이 불어옵니다.

보리수가 깊은 신음을 내고

달빛은 나뭇가지 사이로

내 방을 엿봅니다.

나를 버리고 떠난

사랑하는 여인에게

긴 편지를 썼습니다.

달빛이 종이 위로 흐릅니다.

부드럽고 조용한 달빛이

글 위를 스쳐 갈 때

나는 슬픔에 젖어

잠도, 달님도, 밤 기도도 잊고 맙니다.

흰 구름

H. 헤세

잊어버린 아름다운 노래의

고요한 멜로디처럼

다시금 저 푸른 하늘을 떠도는

구름을 보라!

긴 방랑의 길에서

나그네의 온갖 슬픔과 기쁨을

맛본 사람이 아니고는

저 구름의 마음을 알 수 없으리.

태양과 바다와 바람과 더불어

나는 그 떠도는 구름을 사랑하나니

그것은 고향을 잃은 나그네의

누나이고 천사이기에

02

슬픔은

오랜 그리움

기억해 줘요

C. 로세티

날 기억해 줘요, 나 가고 없을 때

다시 올 수 없는 나라로 영영 가버렸을 때

당신이 그 품 안에 다시는 날 안지 못하고

돌아설 듯하다가 돌아서지도 못할 때

우리 장래에 대한 당신의 꿈을 날마다 나한테

더 얘기하지 못할 때 날 기억해 줘요.

그때엔 어떠한 의논이나 기도도 이미 늦은 것을 알 거예요.

하지만 당신이 잠시 나를 잊었다가

그 후에 기억하더라도 슬퍼하지 마세요.

어둠과 부패가

내가 일찍이 품었던 생각의 흔적을 남긴다 하더라도

나를 잊지 않고 괴로워하는 것보다

잊고서 웃는 편이 훨씬 더 나을 테니까요.

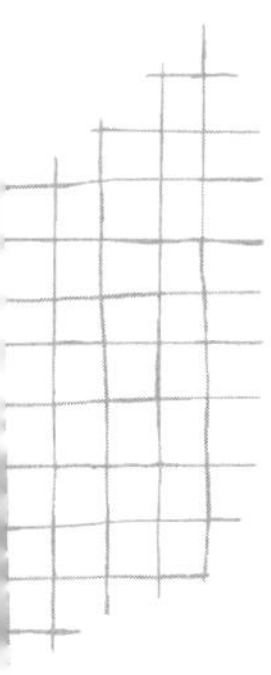

C. 로세티(1830~1894)

영국의 시인이자 단테 로제티의 누이동생이다. 《도깨비 시장》과 〈왕자의 여행〉 등의 동요풍이고 공상적인 시를 써 예민한 감수성과 영적 고민을 보여주었다. 그녀는 생전에 미국 남부의 노예제도, 동물을 실험에 이용함으로써 학대하는 것, 미성년자를 창녀로 이용해 노동 착취하는 것 등을 반대하는 주장을 표명했고, 그녀의 시들은 제라드 맨리 홉킨스, 버지니아 울프 등과 같은 작가에게 큰 영향을 주었다.

생일

C. 로세티

내 마음은 물오른 어린 가지에

깃들어 노래하는 새,

내 마음은 주렁주렁 열매 달려

휘늘어진 능금나무.

내 마음은 고요한 바닷속에

노니는 무지갯빛 조개.

내 마음은 이 모든 것보다 기뻐요,

내 사랑이 날 찾아왔으니까요.

명주의 솜털로 짠 단을 세우고

그 단에 모피와 자줏빛 비단보를 씌워주세요,

그리고 그 위에 산비둘기와 석류와

백 개의 눈을 가진 공작을 아로새기고

금빛, 은빛 포도송이와

잎사귀와 백합꽃 무늬를 수놓아주세요,

내 사랑이 날 찾아오고,

나는 새로 태어났으니까요.

고별

G. 바이런

귀여운 소녀와의 입맞춤 곱게 간직하여

지금보다도 더 행복한 우리가 되어서

또다시 내 너의 입술을 가까이하기 전엔

결코 이별하지 말자

헤어지는 네 눈가엔 반짝이는 괴로움

아니 우리 모두 괴로운 눈빛인데

네 눈동자에 고인 눈물

오히려 내게 변치 말라 말하는 것인가

홀로 마음을 다독여 보지만

나 결코 행복하게 해주길 바라지 않고

추억조차 바라지 않는다

오직 너만이 내 전부인 것을

쓰지도 말하지도 말자, 그러기에는

나의 붓도 마음도 지쳤구나

아, 이 심정을 무엇이라 말하리

이미 말하는 것조차 괴로운 것을

밤낮없이 기쁨과 슬픔이 교차 되는 가운데

그대에게 얽매인 나의 가슴은

드러낼 수 없는 사랑만이 가슴을 에고

나 너로 인해 가슴을 앓는다.

G. 바이런(1788~1824)

영국의 시인이며 세속 귀족이다. 존 키츠, 퍼시 비시 셸리와 함께 낭만주의 문학을 선도했던 인물로 알려져 있으며, 1812년에는 《차일드 해럴드의 순례》를 출판하여 일약 유명해졌다. 그 후 《돈 주앙》 등 유명한 작품을 계속 발표하여 19세기 낭만파 시인의 대표적인 존재가 되었다.

우리 둘이 헤어지던 그때

G. 바이런

우리 둘이 헤어지던 그때,

오랫동안의 이별이기에

말없이 눈물 흘리며

가슴이 찢어질 듯했다.

그대의 뺨은 파랗게 질려 차가웠고

그대의 입맞춤은 더욱 차더니

진정 그때가 지금의

이 슬픔을 예언했구나.

아침 이슬은

내 이마에 차갑게 내려앉아

지금의 내 마음을

알려주는 것 같았다.

그대의 맹세는 모두 깨어지고

그대의 명성도 사라졌으니,

그대의 이름이 사람들의 입에 오르내림을 듣고

나는 부끄러움에 얼굴을 붉힌다.

사람들이 내 앞에서 부르는 그대의 이름은,

내 귀에 조종弔鐘처럼 들리고

이내 온몸에 몸서리친다 —

왜 그대는 그토록 사랑스러웠던가.

그들은 나와 그대 사이를 모른다,

나는 그대를 너무나 잘 알고 있었지,

앞으로 오랫동안 나 그대를 슬퍼하리라.

말로는 다할 수 없는 깊은 슬픔을.

남몰래 우리는 만났기에

말없이 나는 슬픔에 젖노라.

그대의 마음만이 잊을 수 있었고

그대의 영혼만이 속일 수 있었지.

어느 먼 훗날

행여 그대를 다시 만나게 된다면

어떻게 그대에게 인사해야 할까?

그건 말 없는 눈물이겠지.

내 사랑은 빨간 장미꽃

R. 번스

오, 내 사랑은 빨갛게 활짝 피어난

유월의 장미꽃

내 사랑은 고운 노랫소리

멜로디 따라 흐르는 노랫소리예요

그대 진실로 아름다워

이토록 애타게 사랑해요

바닷물이 다 말라버릴 때까지

내 사랑은 한결같아요

바닷물이 다 말라버릴 때까지

바위가 태양에 스러질 때까지

내 살아 있는 날까지

내 사랑은 한결같아요

안녕, 내 사랑이여

우리 잠시 헤어져

천리만리 떨어져 있어도

난 다시 돌아올 거예요.

R. 번스(1759~1796)

스코틀랜드의 국민 시인이다. 스코틀랜드 방언과 영어, 구전 민요를 혼합하여 시와 노래로 표현한 서정시의 대가이며, 그의 작품은 스코틀랜드 문학뿐 아니라 영어권 문학 전반에 커다란 영향을 끼쳤다. 그는 혁명 사상의 선구자로서 모순에 찬 당시의 사회와 교회, 문명 일반을 예리한 필치로 비난하고, 정열적인 향토애로 스코틀랜드 농부와 시민의 소박한 모습을 표현했다. 또 동물을 통해 인도주의적 사상을 드러내기도 했다. 그러나 만년에 과다한 음주로 건강을 해치고, 경영하던 농장까지 잃게 되어 불우하게 지내다가 37세로 생을 마감했다.

당신이 날 사랑해야 한다면

E. B. 브라우닝

당신이 날 사랑해야 한다면

오직 사랑만을 위해 사랑해 주세요.

'그녀의 미소 때문에, 미모 때문에, 부드러운 말씨 때문에

그리고 나와 잘 어울리는 재치 있는 생각 때문에

그래서 나에게 기분 좋은 편안함을 주기 때문에

그녀를 사랑해'라고 말하지는 마세요.

사랑하는 이여, 이러한 것들은 그 자체가 변하거나

당신의 마음에 들기 위해 변할 수도 있어서

그렇게 얻어진 사랑은 또한 그렇게 잃을 수도 있어요.

내 뺨에 흐르는 눈물을 닦아주고픈 연민으로도 날 사랑하진 마세요.

당신의 위안을 오래 받으면 울음을 잊게 되고

그래서 당신의 사랑까지 잃을지도 모르니까요.

그러니 오직, 사랑만을 위해 날 사랑해 주세요.

사랑의 영원함으로 언제까지나 당신의 사랑 누릴 수 있도록.

E. B. 브라우닝(1806~1861)

빅토리아 시대 당시 잉글랜드의 시인으로, 살아생전 영국의 가장 유명한 여성 시인이었으나 가족도, 부와 영예도 버리고 6살 연하의 무명 시인과 사랑의 도피를 감행했다. 그녀는 영국 문학사상 최고의 러브스토리를 남긴 것으로 알려져 있다.

피파의 노래

R. 브라우닝

한 해의 봄

하루 중 아침

아침 일곱 시

언덕에는 진주 이슬 맺히고

종달새 노래하며 하늘을 날고

달팽이는 가시나무 위에서 춤춘다

신은 하늘에 계시니

모든 것이 평화롭다!

R. 브라우닝(1812~1889)

영국의 시인이자 극작가이다. 바이런, 셸리의 영향을 받았고 알프레드 테니슨과 더불어 빅토리아 왕조 시대를 대표하는 시인이다. 그의 시는 인간의 모든 강렬한 정열을 힘차게, 그리고 극적으로 노래한 것이 특징이다. 그러나 그의 시는 깊이 생각해야 하고 또 어려웠기 때문에 그 가치는 그가 죽은 후에야 인정받았다. 주요 작품으로는 《남과 여》, 《등장인물》, 《반지와 책》 등이 있다. 6살 연상 아내인 영국의 시인 엘리자베스 브라우닝과 부부의 사랑을 노래한 아름다운 시를 써서 유명하다.

오, 내 사랑 그대여

W. 셰익스피어

오, 내 사랑 그대여 그 어디를 헤매는고

발걸음 멈추고 들어보오, 여기 그대의 참다운 사랑 있어

높고 낮은 가락 건드러지게 부르나니,

이제는 더 이상 헤매지 마오, 오 아리따운 그대

나그네길 끝나면 정든 님 만난다오.

이건 현명한 사람의 아들이면 누구나 다 아는 일

사랑이 뭐냐고요? 그건 내일을 기약하지 못하는 것

지금의 기쁨은 지금의 웃음

내일은 있는 듯 없는 것

공연히 지체하면 아무 소득 없소이다.

그러니 자아 입맞춰요, 꽃다운 내 님이여

청춘은 영원한 것이 아니라오.

W. 셰익스피어(1564~1616)

잉글랜드의 극작가이자 시인이다. 잉글랜드의 유복한 집안에서 태어나 런던으로 이주한 후 본격 작품 활동을 시작하여 일약 명성을 얻었고, 생전에 '영국 최고의 극작가' 지위에 올랐다. 《로미오와 줄리엣》, 《햄릿》처럼 인간 내면을 통찰한 걸작을 남겼으며, 그 희곡은 인류의 고전으로 남아 수백 년이 지난 지금도 널리 읽히고 있다. 그는 당대 최고의 희곡 작가로 칭송받는다.

하늘의 융단

W. B. 예이츠

금빛 은빛 무늬로 수놓은

하늘의 융단이,

밤과 낮과 어스름의

푸르고 침침하고 검은 융단이 내게 있다면,

그대의 발밑에 깔아드리련만

나 가난하여 오직 꿈만을 가졌기에

그대 발밑에 내 꿈을 깔았으니

사뿐히 걸으소서, 그대 밟는 것 내 꿈이오니.

W. B. 예이츠(1865~1939)

아일랜드의 시인이자 극작가이며, 20세기 영문학과 아일랜드 문학의 영향력 있는 인물 중 한 명으로 평가받는다. 아일랜드의 영국계 개신교 집안에서 태어나 어린 시절부터 문학을 비롯하여 오컬트나 아일랜드 신화 등 초월적 주제에 관심을 두었으며, 이는 그의 문학적 성향에도 큰 영향을 미쳤다. 1889년 처녀 시집 《마신의 방황》을 발간한 이후로 그의 시는 특유의 사실주의적 묘사를 발전시켰다. 1923년 노벨 문학상을 수상했다.

물속의 섬

W. B. 예이츠

수줍어하는, 수줍어하고
수줍어하는 나의 님
님은 불빛 속에서 움직인다.
저만치 떨어져 슬프게

님은 접시를 가지고 들어와
한 줄로 늘어놓는다.
나는 가리라, 님과 함께
물속의 섬으로

님은 초를 가지고 들어와
커튼 친 방에서 불을 켠다.
문간에서 수줍어하며
어둠 속에서 수줍어하며

토끼처럼 수줍어하고
도움을 베풀며 수줍어하는 님
나는 날아가리라, 님과 함께
물속의 섬으로.

호수의 섬 이니스프리

W. B. 예이츠

나 지금 일어나 가리, 내 고향 이니스프리로 돌아가리.

진흙과 버드나무 가지로 작은 오막살이 집 짓고

아홉 이랑 콩밭을 일구고, 꿀벌을 위한 벌통을 두리.

벌 떼 잉잉거리는 숲속에 홀로 살리라.

그곳에서 나는 평화를 얻으리,

평화는 느리게, 느리게 내려오니,

아침 안개의 장막에서 귀뚜라미 우는 곳까지 스며들리라.

한밤은 별빛에 반짝이고, 한낮은 자줏빛 햇살이 감돌며,

저녁이면 방울새 날갯짓 소리 가득하리.

나 지금 일어나 가리, 밤이나 낮이나

호숫가에 찰랑대는 잔물결 소리 들려 오는 그곳으로

비록 내가 한길 위나 회색 포장의 도로 위에 서 있더라도,

그 물소리를 내 깊은 가슴속에서 들으리라.

방랑의 노래

W. B. 예이츠

내 머릿속에서 불길이 일어

개암나무 숲으로 갔지.

나뭇가지 잘라 껍질 벗겨 낚싯대를 만들어

딸기 한 알 낚싯줄에 매달았지.

흰 나방들이 날아오르고,

별들이 나방처럼 멀리서 반짝일 때,

나는 시냇물에 딸기를 담그고

은빛으로 빛나는 작은 송어 한 마리 낚았네.

그 송어를 마루에 내려놓고

불을 피우러 갔는데,

마루에서 무언가 바스락대더니

누군가가 내 이름을 불렀지.

송어는 머리에 사과꽃을 단

신비롭게 빛나는 소녀가 되어

내 이름을 부르며 달아나

빛나는 허공 속으로 사라졌지.

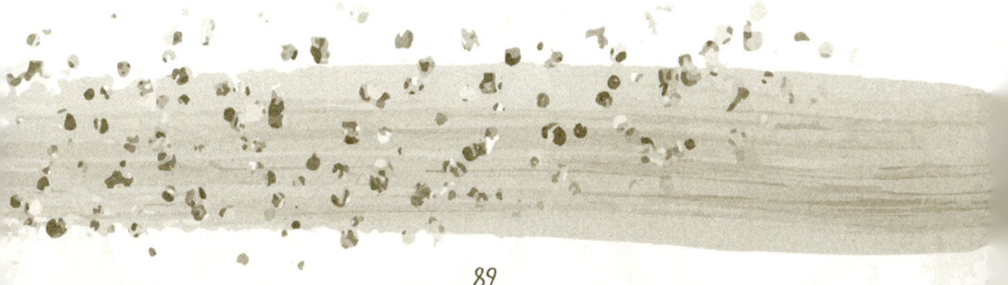

비록 이제 나는 오랜 세월을

공허한 벌판과 언덕을 방황하느라 늙어버렸지만,

언젠가 그녀가 간 곳을 반드시 찾아내어

그녀의 입술에 입맞추고 손을 잡고

얼룩진 긴 풀밭 사이를 걸어보리라.

그리고 시간과 세월이 다할 때까지 따보리라,

저 달의 은빛 사과를

저 해의 금빛 사과를.

수선화

W. 워즈워스

골짜기와 언덕 위를 높이 떠도는

구름처럼 외로이 헤매다가

문득 나는 보았네

호숫가 줄지어 늘어선 나무 아래

미풍에 한들한들 춤추는

황금빛 수선화의 무리를

은하수에 반짝이는

별들처럼 이어져

물가 따라 끝없이

줄지어 피어 있는 수선화

머리를 살랑대며 흥겹게 춤추는

수많은 수선화를 잠시 바라보네

호수 물결도 그 곁에서 춤을 추지만

반짝이는 물결도 수선화의 기쁨을 따라갈 수 없었네

이토록 즐거운 벗과 어울렸으니

시인이 어찌 즐겁지 않으리

나는 하염없이 바라봤지만 그 정경이 내게

얼마나 보배로운지 미처 알지 못했네

이따금 한가로이 혹은 헛된 생각에 잠겨

자리에 누워 있을 때

홀연히 내 마음속에 그 모습 떠오르니

이는 바로 고독의 축복이리라

그럴 때면 내 마음은 기쁨에 넘쳐

수선화와 함께 춤을 추네

W. 워즈워스(1770~1850)

영국의 낭만주의 시인이다. 새뮤얼 테일러 콜리지와 함께 쓴 《서정 담시집》으로 영문학의 낭만주의 시대를 여는데 기여했으며, 자연의 미묘한 아름다움을 깊이 관찰하고 사랑과 고요함을 노래하여 영국 낭만주의를 대표했다. 그는 또한 1843년 영국의 계관 시인이 되는 영광을 누렸고, 작품으로 시집 《서정 담시집》, 《루시 시편》, 《서곡》, 《대륙 여행의 추억》 등이 있다.

무지개

W. 워즈워스

하늘의 무지개를 바라보면

내 가슴은 뛰노라

나 어렸을 때도 그러했고

어른인 지금도 그러하며

나이 들어서도 그러하리

그렇지 않다면 차라리 죽는 게 나으리!

아이는 어른의 아버지

내 하루하루가

자연의 경건함으로 이어가기를

초원의 빛

W. 워즈워스

한때는 그토록 찬란했던 빛이건만

이제는 속절없이 사라져

다시는 돌아올 수 없는

초원의 빛이여, 꽃의 영광이여

우리는 슬퍼하지 않으리

오히려 강한 힘으로 살아남으리

존재의 영원함을

티 없는 가슴으로 믿으리

삶의 고통을

사색으로 어루만지고

죽음마저 꿰뚫는 명철한 믿음이라는

세월의 선물로

인적 없는 외진 곳에 그 소녀는 살았다

W. 워즈워스

다브의 샘가

인적 없는 외진 곳에 그 소녀는 살았네.

칭찬하는 사람 아무도 없고

사랑하는 사람 또한 없던 그 소녀.

이끼 낀 바위틈에 반쯤 가려져

다소곳이 피어 있는 한 송이 제비꽃,

하늘에 홀로 반짝이는 샛별처럼

아름다웠던 그 소녀

아는 사람 없는 삶을 살다가

아무도 모르게 떠나버린 가엾은 루시

이제는 무덤 속에 고이 잠들었으니,

오! 나에겐 천지가 달라졌도다.

모래톱을 건너며

A. 테니슨

해가 지고 저녁별 빛나는데

누군가 날 부르는 선명한 목소리

나 바다로 나아갈 때

부디 모래톱에 슬픈 울음 없기를

무한한 바다로부터 왔던 이 몸이

다시 제 고향으로 돌아갈 때

소리나 거품 일기에는 너무 충만한

잠든 듯 움직이는 조수만이 있기를

황혼 그리고 저녁 종소리

어둠은 내려앉고

내가 배에 오를 때

이별의 슬픔이 없기를

시간과 공간의 경계로부터

물결이 나를 싣고 멀리 가더라도

나 모래톱을 건넜을 때

나를 인도하신 그분을 만나게 되기를.

A. 테니슨(1809~1892)

영국의 시인으로, 1850년 윌리엄 워즈워스 후임으로 계관 시인이 되었으며 아름다운 조사와 운율을 담은 작품들로 세계적으로 사랑받았다. 작품으로 시집 《Poems》, 서사시 〈공주〉, 〈모드〉, 〈왕의 목가〉, 〈이노크 아든〉, 〈60년 후 락슬리 홀〉, 단편 시 〈모래톱을 건너며〉 등이 있다.

철썩 철썩 철썩

A. 테니슨

철썩, 철썩, 철썩

오, 바다여! 그대 저 검은 바위에 힘차게 부딪혀라.

아무래도 떨굴 수 없는

이 오만 가지 상념을 어찌하리오.

행복한지고, 저 어부의 아들

오누이와 떠들며 놀고 있는 저 아이!

즐거운지고, 저 어린 뱃사공 아들

포구의 배에서 노래하는 저 아이!

당당한 호화선이 안식처를 찾아서

산모퉁이 포구 찾아가고 있건만

이미 사라진 손길을 그리며

죽은 벗을 못 잊는 이내 가슴이여!

철썩, 철썩, 철썩

오, 바다여! 그대 저 언덕에 힘차게 부딪혀라.

지난 세월 못 잊어 애를 태우는

이내 마음을 어찌 달랠꼬!

내 나이 스물하고 하나였을 때

A. E. 하우스먼

내 나이 스물하고 하나였을 때

어느 현명한 사람이 내게 하는 말을 들었네

'돈이야 금화든 은화든 다 주어도

네 마음만은 주지 말아라.

보석이야 진주와 루비는 모두 주어도

네 생각만은 자유분방해야 하느니라.'

그러나 내 나이 스물하고 하나였으니

나는 귀담아듣지 않았네

내 나이 스물하고 하나였을 때

또 그가 하는 말을 나는 들었네

'마음에서 우러나온 사랑은

늘 대가를 치르는 법

그 사랑은 넘치는 한숨과

끝없는 후회 속에서 얻어진단다.'

지금 내 나이 스물하고 둘

오, 그것이 진리인 줄을 알게 되었네

A. E. 하우스먼(1859~1936)
영국의 시인이자 고전학자이다. 그의 시는 형식미, 비극성, 억제된 감정 표현
으로 유명하며, 그가 시를 쓰는 방식은 단순하고 음악적이며, 고전적 절제미
를 따른다. 《시골 시인의 노래》는 그의 대표작이다.

봄

G. 홉킨스

봄처럼 아름다운 것은 없어라.

이름 없는 풀은 뒤엉켜 파릇파릇 아름답게 자라고

티티새의 알은 낮은 하늘과 같아 티티새 울음소리는

숲속에 메아리쳐 귓전을 때려

그 소리를 들으면 벼락을 맞은 듯하고,

윤기 도는 배나무 잎사귀와 꽃잎은

하늘을 닦아 내어 푸르름이 다가오는 풍요로움.

뛰노는 어린 양들은 깡충거리나니

이 생기 넘치는 활력과 기쁨은 무엇이던가.

에덴동산에서 비롯된 대지의 감미로운 흐름이니

그것을 차지하라 소유하라, 그것이 죄 때문에

싫어지고 흐려지고 더러워지기 전에, 주 그리스도여,

소년 소녀가 지닌 티 없는 마음과 오월의 날을

동정녀의 아들이여, 당신 선택하시고

그 무엇보다도 값어치 있는 것을 가지게 하라.

G. 홉킨스(1844~1889)

영국의 종교인이며 시인이다. 그는 예민한 감수성과 풍부한 상상력으로 '스퍼렁 리듬'이라고 하는 독자적인 운율로 대담한 어휘와 어법으로써 미의 추구와 신앙 등 마음속의 갈등을 노래했다. 그의 첫 시집인 《제라드 맨리 홉킨스 시집》은 그가 죽은 지 29년 후인 1918년에 영국의 계관 시인이던 로버트 브리지스의 지극한 정성으로 런던에서 출판되어 젊은 시인들에게 커다란 영향을 주었다.

가을

T. E. 흄

가을밤의 감촉이 싸늘해서

밖으로 나왔더니,

얼굴이 붉은 농부처럼

불그스름한 달이 울타리 너머로 보고 있었다.

나는 말은 건네지 않고, 고개만 끄덕였다.

주위에는 생각에 잠긴 별들이

도시의 아이들처럼 얼굴이 창백했다.

T. E. 흄(1883~1917)
영국의 문학 평론가, 철학자, 시인이며, 특히 이미지즘 운동의 초기 이론가로
서 20세기 현대시의 형식과 철학의 기초를 다진 인물이다. 그의 시 자체는 극
히 적지만, 문학과 미학에 대한 글과 주장들은 현대주의 문학에 깊은 영향을
미쳤다. 그는 T. S. 엘리엇, 에즈라 파운드 같은 작가들에게 직접적인 영향을
주었다.

03

내 마음에 내리는

눈물

낙엽

R. 구르몽

시몬, 나무 잎새 져버린 숲으로 가자.
낙엽은 이끼와 돌과 오솔길을 덮고 있다.

시몬, 너는 좋으냐? 낙엽 밟는 소리가.

낙엽 빛깔은 정답고 모양은 쓸쓸하다.
낙엽은 버림받고 땅 위에 흩어져 있다.

시몬, 너는 좋으냐? 낙엽 밟는 소리가.

해 질 무렵 낙엽 모양은 쓸쓸하다.
바람에 흩어지며 낙엽은 상냥히 외친다.

시몬, 너는 좋으냐? 낙엽 밟는 소리가.

발로 밟으면 낙엽은 영혼처럼 운다.
낙엽은 날갯소리와 여자의 옷자락 소리를 낸다.

시몬, 너는 좋으냐? 낙엽 밟는 소리가.

가까이 오라, 우리도 언젠가는 낙엽이리니

벌써 밤이 되고, 바람은 우리를 휩쓴다.

시몬, 너는 좋으냐? 낙엽 밟는 소리가.

R. 구르몽(1858~1915)

프랑스의 시인, 소설가, 문학 평론가이다. 상징파의 잡지 <메르키르 드 프랑스>를 창간했으며, 비평과 미학에 커다란 공적을 남겼다. 26세 때 결핵의 일종인 낭창에 걸려 얼굴이 추해지자, 바깥출입을 하지 않고 고독한 생애를 보냈다. 그는 상징주의의 이론가뿐 아니라 자유로운 입장에서 세련된 취미와 학식을 가지고 시, 소설, 평론을 썼다. 그의 대표적인 상징시인 <낙엽>은 전 세계에서 널리 읽히고 있다. 소설로는 《룩셈부르크의 하룻밤》, 평론집으로 《프랑스어의 미학》, 《문학 산책》 등이 있다.

R. 구르몽

시몬, 눈은 네 목처럼 희다.

시몬, 눈은 네 무릎처럼 희다.

시몬, 네 손은 눈처럼 차다.

시몬, 네 마음은 눈처럼 차다.

눈을 녹이는 데 불의 키스.

네 마음을 녹이는 데는 이별의 키스.

눈은 슬프다, 소나무 가지 위에서

네 이마는 슬프다, 네 밤색 머리카락 아래서

시몬, 네 동생 − 눈이 정원에 잠들어 있다.

시몬, 너는 나의 눈 그리고 나의 연인.

백조

스테판 말라르메

순결하고, 활기차고 아름다운 오늘이여

사나운 날갯짓으로 단번에 깨뜨려버릴 것인가,

쌀쌀하기 그지없는 호수의 두꺼운 얼음

날지 못하는 날개 비치는 그 두꺼운 얼음을.

백조는 가만히 지나간 날을 생각한다.

그토록 영화롭던 지난날의 추억이여,

지금 여기를 헤어나지 못함은 생명이 넘치는

하늘나라의 노래를 부르지 않는 벌인가.

이 추운 겨울날에 근심만 짙어진다.

하늘나라의 영광을 잊은 죄로 해서

길이 지워진 고민의 멍에로부터 백조의

목을 놓아라, 땅은 그 날개를 놓지 않으리라

그 맑은 빛을 이곳에 맡긴 그림자의 몸이여,

세상을 멸시하던 싸늘한 꿈속에 날며

유형의 날에 백조는 모욕의 옷을 입는다.

스테판 말라르메(1842~1898)

프랑스의 시인이다. 폴 베를렌, 아르튀르 랭보와 더불어 19세기 후반 프랑스 시단을 주도했고, 상징주의 문학 운동의 선구자 중 한 명이다. 당대 파리의 문인들을 비롯해 인상주의 화가들과 활발히 교류했으며, 폴 발레리, 앙드레 지드, 폴 클로델 등 20세기 전반 프랑스 문학계에 큰 영향을 주었다. 대표 시집으로는 《목신의 오후》, 《주사위 던지기》 등이 있다.

바다의 미풍

스테판 말라르메

육체는 슬프다, 아아! 그리고 나는 모든 책을 읽었다

달아나리! 저 멀리 달아나리!

새들이 대지의 거품과 하늘

가운데서 취하며 날고 있거늘

그 무엇도 눈동자에 어린 오래된 정원도

바닷물에 적신 내 마음을 붙잡지 못하리

오, 밤이여. 흰빛이 가로막는 텅 빈 백지 위에

쏟아지는 황당한 불빛도, 어린아이 젖 물리는

젊은 아내도 붙잡지 못하리

나는 떠나리라! 돛대 출렁이는 기선이여

이국의 자연을 향해 닻을 올려라

권태는, 잔혹한 희망에 부대껴도

손수건의 마지막 작별을 아직 믿는구나!

바람에 기울다 난파하여 쓰러지는가, 폭풍을 부르며

돛대도 없이 풍요로운 섬들도 없이 가뭇없어라

그러나 오 내 마음아, 저 수부들의 노래를 들어라!

애정의 숲

P. 발레리

우리는 순수를 생각했다

나란히 길을 따라가면서

우리는 서로 손을 잡았다

말없이…… 이름 모를 꽃들 사이에서

우리는 약혼자처럼 걸었다

단둘이, 목장의 푸른 밤 속을

그리고 나눠 먹었다. 저 무릉도원의 열매

취한 이들이 좋아하는 달을

그리고 우리는 이끼 위에 쓰러졌다

단둘이 아주 멀리 소곤대는 친밀한

저 숲의 부드러운 그늘 사이에서

그리고 저 하늘 높이, 무한한 빛 속에서

우리는 울고 있었다.

오 나의 사랑스러운 말 없는 동반자여!

P. 발레리(1871~1945)

프랑스의 작가, 시인, 철학자이다. 보들레르가 시조라고 일컬어지는 프랑스 상징주의에 매혹되었으며, 말라르메의 뒤를 이어 아폴리네르 등과 함께 상징주의의 주요 지류를 차지하고 있다. 1917년 《젊은 파르크》를 발표하고, 1922년 그동안의 시를 모은 시집 《매혹》을 발표함으로써 20세기 상징주의 시인 중 최고인 동시에 20세기 전반기 유럽의 대표적인 지식인으로 손꼽힌다.

내 마음에 눈물 내린다

P. 베를렌

거리에 비가 내리듯

내 마음에 눈물 내린다.

가슴속에 스며드는

이 슬픔은 무엇일까?

아, 대지에도 지붕에도 내리는

빗소리의 부드러움이여!

답답한 마음에

아, 비 내리는 노랫소리여!

울적한 내 마음에

영문 모를 눈물 내린다.

웬일인가? 원한도 없는데

이유 없는 이 슬픔은

까닭 모르는 슬픔에

더욱 가슴 아파

사랑도 원한도 없는

내 마음 한없이 괴로워라!

P. 베를렌(1844~1896)

프랑스의 시인이다. 초기에는 파르나시즘의 영향을 받았으나 점차 상징주의 운동의 핵심 인물로 자리매김하게 되며, '저주받은 시인' 전통의 대표자로도 자주 언급된다. 베를렌은 시에 있어서 '소리'와 '리듬'을 중시했으며, 시어가 가진 음향적 효과에 큰 비중을 둔 스타일을 발전시켰다. 그의 시에는 감성적이고 우울한 색채가 자주 나타나며, 직설보다는 암시와 여운을 남기는 표현이 많다. 또한 전통적인 운율과 형식을 변용하고 실험하는 태도를 취했다.

돌아오지 않는 옛날

P. 베를렌

추억, 추억이야, 나더러 어떻게 하라는 것인가!

가을은 흐린 하늘에 지빠귀를 날리고

태양은 하늬바람이 부는 황금빛 수풀 위로

단조로운 햇살을 내리쬐고 있었다.

우리는 단둘이 꿈꾸며 걷고 있었다.

그대와 나, 머리와 마음을 바람에 나부끼며.

느닷없이 감동의 시선을 내게 돌리며 시원한 금빛 목소리가 말했다.

"그대의 가장 행복한 날은 언제였는가?"

그 소리는 천사의 그것처럼 부드럽고

낭랑하게 울려 퍼졌다.

내 신중한 미소가 이에 답했다.

그리고 경건하게 그 흰 손에 입맞추었다.

아! 처음 핀 꽃들이란 얼마나 향기로운가!

그리고 연인의 입술에서 새어 나오는 첫 승낙이

얼마나 마음 설레게 하는 아름다운 속삭임인가!

가을 노래

P. 베를렌

가을날

바이올린의

긴 흐느낌

가슴속에 스며들어

마음 설레고

쓸쓸하여라.

때를 알리는

종소리에

답답하고 가슴 아파

지난날을

추억하며

눈물 흘리네.

그리하여 나는 가네

모진 바람이

날 휘몰아치는 대로

이리, 저리로,

마치

낙엽처럼.

흰 달

P. 베를렌

흰 달이

숲속에서 빛나고

가지마다

우거진 잎사귀 사이로

소곤대는 소리

아, 사랑하는 사람아

깊은 거울

연못에 드리운

버드나무의

검은 그림자는

바람에 흐느끼네

아, 지금은 꿈꾸는 때

별들이

무지갯빛으로

반짝이는 하늘에서

크고 포근한

고요가 내려오는 듯

아득한 이 시간

가을

G. 아폴리네르

안개 속으로 멀어진다 안짱다리 농부와

암소 한 마리 느릿느릿 가을 안개 속에

가난하고 누추한 마을들 숨어 있다

농부가 저만치 멀어지며 흥얼거린다

깨어진 반지와 찢어진 가슴을 말하는

사랑과 변심의 노래 하나를

아 가을, 가을은 여름을 죽였다.

안개 속으로 희미한 두 그림자 멀어진다.

G. 아폴리네르(1880~1918)

프랑스의 시인, 작가, 비평가이자 예술 이론가이며, 캘리그램이라는 용어를 처음 사용한 인물로 알려져 있다. 그는 작품을 쓰면서 주제에 맞도록 문장을 도형화했는데, 이는 글꼴, 문장의 모양이나 행간으로 시각디자인의 의미를 전달하는 타이포그래피의 한 예로 설명되고 있다. 그는 문단과 예술계 지인들과 긴밀히 교류하며 파리 전위 예술계 중심인물 중 하나가 되었고, 큐비즘, 초현실주의 등에 영향력을 미쳤다.

미라보 다리

G. 아폴리네르

미라보 다리 아래 센 강은 흐르고

우리 사랑도 흘러간다

기쁨은 언제나 고통 뒤에 오는 것을

내 마음속 깊이 기억하리

밤이여 오라 종이여 울려라

세월은 흐르고 나는 여기 머문다

손에 손을 맞잡고 얼굴을 마주하고

우리들의 팔로 엮은

다리 아래로

영원의 눈길을 한 지친 물결이 흐르는 동안

밤이여 오라 종이여 울려라

세월은 흐르고 나는 여기 머문다

149

사랑이 떠나간다 흐르는 강물처럼

우리 사랑도 떠나간다

인생은 얼마나 느리고

희망은 얼마나 격렬한가

밤이여 오라 종이여 울려라

세월은 흐르고 나는 여기 머문다

날이 가고 세월이 흐르면

지나간 시간도

우리 사랑도 돌아오지 않는데

미라보 다리 아래 센 강은 흐른다

밤이여 오라 종이여 울려라

세월은 흐르고 나는 여기 머문다

그 소녀는

F. 잠

그 소녀는 하얀 살결

펼쳐진 소매 밑으로

손목의 푸르스름한

정맥이 드러나 보인다.

어째서 그 소녀가 웃는지

아직도 알지 못한다.

이따금 소녀는 부른다.

또랑또랑한 목소리로

길가에서 꽃을 따기만 해도

모든 사람의 마음을

사로잡는다는 사실을

저도 알고 있는지?

하얀 살결에 날씬한 몸매

게다가 참 매끈한 팔을 하고 있다.

언제 봐도 얌전한 몸맵시

갸우뚱 고개를 기울이고 있다.

F. 잠(1868~1938)

프랑스의 시인, 소설가, 극작가이자 비평가이다. 그는 시골 생활에 대한 순수
하고 정감 어린 묘사로 유명한데, 복잡하고 장식적인 표현보다는 단순하고
순수한 언어를 선호했다. 풀, 나무, 꽃, 새, 들판, 강 등 자연 요소들이 그의 시
배경이 되며, 매우 세밀하고 감각적으로 묘사했다. 그는 문학의 중심지인 파
리에 살기보다는 고향 지역과 지방의 삶을 지향했으며, 이는 그의 시 세계관
에 깊이 반영되어 있다.

취한 배

아르튀르 랭보

나는 무심한 강물 속으로 미끄러져 내려갔다.

더 이상 끌개들의 손에 이끌리지 않았다.

소리치는 인디언들이 그들을 화살로 쏘아

알록달록한 말뚝에 벌거벗긴 채 못 박아버렸다.

나는 모든 선원들과 화물에서 벗어났다.

플랑드르의 밀도, 영국의 목화도 잊었다.

끌개들의 소란이 끝났을 때

강물은 내 뜻대로 나를 흘려보냈다.

격노한 밀물 속에서

나는 아이의 머리보다 더 어리석게, 귀먹은 채 달렸다.

해방된 반도들조차

나의 옆구리만큼 승리의 갑옷을 입지 못했다.

폭풍은 내 항해의 시작을 축복했다.

코르크 마개보다 가벼워 나는 파도 위에 춤췄다.

사람들은 내가 취해 심연 속에서 길을 잃었다 했지만,

나는 눈 감은 아이처럼 웃었다.

나는 신비로운 공포에 물든 낮은 태양을 보았다.

그 빛은 긴 보랏빛 피의 응어리를 비추었다.

고대 비극의 배우들처럼

파도는 떨며 돛을 굴려 보냈다.

나는 눈부신 눈雪의 초록빛 밤을 꿈꾸었다.

바다의 눈가로 오르는 느린 독의 입맞춤,

세상의 모든 감각을 적시는 들리지 않는 생명의 순환,

노랗고 푸른 빛으로 노래하는 인광의 깨어남을 보았다.

나는 초록빛 밤과 타오르는 독의 땀을 흘렸다.

창백하고 취한 채 녹푸른 하늘을 삼키며,

거꾸로 흐름 속에서 잠든 시체들을 보았다.

그들은 느리게, 끝없이, 심연으로 가라앉았다.

나는 석양이 미친 해안에 입맞추는 걸 보았다.

번개와 파도가 포옹하듯 얽혀들었다.

두려운 꿈의 검은 태양은

거대한 붉은 무덤처럼 바다 위로 내려앉았다.

나는 뇌우 속에서 꽃들이 흔들리는 걸 보았다.

바람이 그 꽃잎을 뜯어 바다로 던졌다.

그리고 나는, 그 향기에 취해,

신들의 웃음을 들었다.

나는 하늘을 찢으며 치솟는 파도를 보았다.

거대한 파랑의 몸속에는 초록의 피가 돌았다.

내 몸은 그 물결에 휩싸여

거품이 되어 하늘로 흩어졌다.

나는 달빛이 내린 산호의 궁전을 지나며,

깊은 바다 밑에서 붉은 불꽃을 보았다.

괴물들이 나를 스쳐 지나갔지만

나는 그들을 두려워하지 않았다.

나는 바람 속에서 신들의 노래를 들었다.

그 목소리는 내 영혼을 끓게 했고,

나는 다시는 돌아오지 않을 항해로

자신을 내던졌다.

나는 하늘이 열리고,

파도 위에 신의 눈이 반짝이는 걸 보았다.

그 눈 속에서 나는 내 얼굴을 보았다—

낯설고, 취한 채, 빛으로 녹아드는 나를.

나는 황금의 폭포와 진홍빛 불꽃 사이를 지나며

모든 감각이 부서지는 것을 느꼈다.

내 귀는 별의 노래로,

내 눈은 불의 냄새로 가득 찼다.

나는 달콤한 독을 들이마시며 웃었다.

나의 배는, 아니 내 영혼은,

자유로움과 죽음 사이에서 춤을 추었다.

바다는 나를 껴안고, 나는 바다에 취했다.

나는 더 이상 인간의 울음소리를 듣지 않았다.

파도와 바람, 불꽃과 별빛만이

서로의 언어로 대화하고 있었다.

나는 그들 가운데서 잠들었다.

나는 불빛이 타오르는 도시들을 스쳐갔다.

거기엔 기계의 노래와 쇠의 향기가 있었다.

그러나 나는 그 모든 빛을 버리고

다시 어둠 속으로 항해했다.

그때 나는 깨달았다―

자유는 아름답지만, 그것은 끝이 없다는 것을.

끝없는 파도는 나를 삼키고,

나는 파도 속에서 스스로를 잃었다.

내 안의 불이 꺼지고,

남은 건 차가운 물결뿐이었다.

바다는 나를 토해내지 않았다.

나는 그 속에서 녹아 사라졌다.

그러나 나는 여전히 보았다.

죽은 별들의 잿빛 눈부심,

바다 밑에서 꿈꾸는 빛,

그리고 다시 피어나는 아침의 숨결을.

나는 말없이 떠돌았다.

노래도, 깃발도, 목적도 없이.

나의 배는, 나의 영혼은,

무한한 푸른 어둠 속에서 표류했다.

그때 나는 바다의 입김 속에서

작은 소년의 노랫소리를 들었다.

그 목소리는 먼 육지의 향기를 실어왔다.

나는 그리움을 느꼈다.

나는 이제 돌아가고 싶었다.

끝없는 자유가 아닌,

고요한 웅덩이와, 저녁의 연기와,

아이의 손이 닿는 물가로.

그러나 나의 돛은 찢어졌고,

내 몸은 피로에 잠겨 있었다.

바람은 나를 어디론가 데려갔고,

나는 그저 흘러가는 존재가 되었다.

만약 내가 그리워하는 유럽의 물이 있다면,

그건 향기로운 저녁의 차가운 웅덩이,

슬픔에 잠긴 아이 하나가 웅크려 앉아

오월의 나비 같은 배를 띄우는 곳일 것이다.

아르튀르 랭보(1854~1891)

프랑스의 시인이다. 빛나는 재능으로 시대를 앞선 시를 썼지만, 방랑과 방황, 반항으로 점철된 생애를 살았다. 랭보는 시인이 단순히 감정을 묘사하는 존재가 아니라, 내면 깊이의 직관을 통해 보지 못한 세계를 드러내는 예지자여야 한다는 개념을 내세우며 19세기 말과 20세기 초의 초현실주의, 모더니즘 문학에 지대한 영향을 끼쳤다. 그는 시를 쓰는 짧은 기간 동안 집중적으로 활동했으며, 그 이후에는 문학계에서 점차 물러나 여행자, 상인, 탐험가 등 다양하게 활동했다. 랭보의 시 작품 대부분은 10대 후반에서 20대 초반 사이에 작성된 것으로 알려져 있다.

04

사랑은

비로 내리고

한 가슴이 무너지는 걸 막을 수 있다면

E. 디킨슨

제가 만일 한 가슴이 무너지는 걸 막을 수 있다면

제 삶은 헛되지 않아요

제가 만일 한 생명의 아픔을 덜어주고

고통 하나만이라도 누그러뜨릴 수 있다면

그리고 지친 로빈새 한 마리를

제 둥지로 다시 올려줄 수만 있어도

제 삶은 진정 헛되지 않아요

E. 디킨슨(1830~1886)

미국의 대표적인 시인이며, 현대시의 선구자로 여겨진다. 매사추세츠주 애머스트에서 거의 평생을 은둔하며 살았고 사람들과의 교류도 제한적이었으며, 시 대부분을 서랍 속에 감춰 두어 생전에는 거의 알려지지 않았다고 전해진다. 사후에 발견된 약 1,800편의 시들이 출판되면서 감성적 깊이와 형식적 실험성으로 문학사에 큰 영향을 끼쳤다. 그녀의 시를 읽을 때는 종종 짧은 단어 뒤에 숨겨진 깊은 사유와 상징성을 곱씹어야 하며, 그녀 특유의 절제된 언어와 침묵 속의 강한 목소리를 느낄 수 있다.

사랑이란 이 세상의 모든 것

E. 디킨슨

사랑이란 이 세상의 모든 것

우리가 사랑이라 부르는 모든 것

그 사랑을 우린

자신의 그릇만큼밖에 담지 못하네.

인생 찬가

H. W. 롱펠로

슬픈 사연으로 내게 말하지 말라.

인생은 한낱 헛된 꿈에 불과하다고!

잠자는 영혼은 죽는 게 아니고 잠드는 것이니

만물의 본질은 겉모습만은 아니다.

인생은 진실이다! 인생은 진지하다!

무덤이 우리의 종착역이 될 수는 없다.

"너는 흙이니 흙으로 돌아가라."

이 말은 영혼에 대한 말은 아니다.

우리가 가야 할 곳, 또한 가는 길은

향락도 아니고 슬픔도 아니다.

저마다 내일이 오늘보다 낫도록

행동하는 그것이 목적이고 길이다.

예술은 길고 세월은 빠르다.

우리의 심장은 튼튼하고 용감하지만

마치 천으로 감싼 북소리처럼 둔탁하게

무덤을 향해 장송곡을 울리는구나.

이 세상의 넓은 전쟁터에서

인생의 야영지에서

말 못 하고 쫓기는 짐승처럼 되지 말고

싸움에 이기는 영웅이 돼라.

아무리 즐거워도 미래를 믿지 마라!

죽은 과거는 죽은 채로 매장하라!

행동하라, 살아 있는 현재에 행동하라!

가슴속에는 용기가, 머리 위에는 신이 있다!

위인들의 생애는 우리를 깨우치나니,

우리도 숭고한 삶을 이룰 수 있고,

이 세상 떠날 때 시간의 모래 위에

우리 발자취를 남길 수 있음을.

그 발자취는 훗날 다른 사람이

장엄한 인생의 바다를 항해하다가

외롭게 파도에 난파하는 때를 만나면

다시금 용기를 얻게 될지니.

그러니 우리 쉬지 않고 일하리라.

어떠한 운명도 이겨낼 용기를 지니고,

끊임없이 성취하고 추구하면서

일하며 기다림을 힘써 배우리라.

H. W. 롱펠로(1807~1882)

미국의 시인이자 소설가이며 번역가이다. 19세기 미국을 대표하는 '국민 시인' 중 한 명이며, 미국 문학의 대중성과 품격을 동시에 높인 인물이다. 그의 시는 우아하고 음악적인 언어, 도덕적 메시지, 그리고 역사적이며 전설적 주제를 담고 있다. 미국 문학이 세계 문학의 일부가 될 수 있음을 입증한 시인 중 한 사람이며, 미국 시인 중 유일하게 웨스트민스터 사원 '시인의 묘소'에 흉상이 세워졌다.

비 오는 날

H. W. 롱펠로

날은 춥고 어둡고 쓸쓸도 하네

비 내리고 바람은 그칠 줄 모르네

담쟁이덩굴은 낡은 담벼락에 여전히 매달려 있지만

모진 바람 불 때마다 시든 잎을 떨구네

날은 어둡고 쓸쓸도 하네

내 인생도 춥고 어둡고 쓸쓸도 하네

비 내리고 바람은 그칠 줄 모르네

내 생각은 잊히는 과거에 여전히 매달려 있지만

청춘의 희망은 격동의 시련에 우수수 떨어지고

시절은 어둡고 쓸쓸도 하네

진정하라 슬픈 마음이여! 한탄하지 마라

구름 뒤엔 항상 태양이 빛나고 있으니

그대 운명도 다른 이의 운명과 그리 다르지 않네

그 누구의 삶도 약간의 비는 피할 수 없으니

어떤 날들은 반드시 어둡고 쓸쓸하리라.

화살과 노래

H. W. 롱펠로

난 화살 하나를 공중에 쏘았네,

그것은 땅에 떨어졌고, 난 어딘지 몰랐네.

왜냐하면 그것은 너무나 빨리 날아서, 눈은

날아가는 그것을 따라잡을 수 없었지.

난 노래 하나를 공중을 향해 불렀네,

그것은 땅에 떨어졌고, 난 어딘지 몰랐네.

왜냐하면 누가 그렇게 날카롭고 강한 눈을 가져,

날아가는 노래를 따라잡을 수 있겠는가?

오래, 오래 후에 한 참나무에서

난 찾았네, 여전히 부러지지 않은 그 화살을

그리고 그 노래를, 처음부터 끝까지,

한 친구의 가슴속에서 다시 찾았네.

첫 번째 무화과

E. V. 밀레이

내 양초는 양쪽에서 타들어 가지

하룻밤도 지속하지 못하리라.

하지만 아, 나의 적들이여 그리고 오, 나의 친구들이여

얼마나 찬란한 불빛인가!

E. V. 밀레이(1892~1950)

미국의 시인이자 극작가이다. 자유로운 삶과 사랑, 여성의 독립성과 감정, 그리고 강렬한 서정성으로 잘 알려져 있다. 예술가 공동체와 그리니치 빌리지의 보헤미안 문화에서 활동했으며, 반전 운동과 시민 자유 운동에 참여하며 정치적인 시도 썼다. 후반기에는 약물 의존과 건강 악화로 고통을 겪었으나 끝까지 시를 통해 인간의 복잡한 내면을 탐색했고, 1923년 퓰리처상을 받은 최초의 여성 시인이다.

절 동정하지 마세요

E. V. 밀레이

서산 너머 해 지고 빛이 사라졌다고

절 동정하지 마세요.

한 해가 저물어서 싱그럽던 들과 숲이 시들었다고

절 동정하지 마세요.

달 기울고 썰물이 밀려간다고

절 동정하지 마세요.

또 남자의 정열이 그렇게도 빨리 식어

당신의 시선에서 정이 사라졌다고

이럴 줄 알았어요. 사랑이란 못 믿을 것

바람에 흩날리는 꽃잎과 같고

사나운 비바람이 물러간 다음

난파선의 잔해를 밀고 오는 파도와도 같음을

오히려 동정하시려면 뻔한 것도 몰라보는

미련한 내 마음을 가엾게 여기소서.

나는 모르리

S. 티즈데일

나 죽어 영원히 잠들면

눈부신 사월은 비에 젖은 머리카락 흔들어대고

그대 상심한 얼굴로 내게 쓰러져 통곡해도

나는 모르리

비 맞아 나뭇가지 고개 숙일 때

잎새 우거진 나무처럼 나는 평온하리라

그리고 나는 더 조용하고 더 냉정하리라

지금의 그대보다 훨씬.

S. 티즈데일(1884~1933)

미국의 서정시인이다. 섬세하고 감성적인 시풍으로 사랑받았으며, 특히 사랑과 자연을 주제로 한 시들이 널리 알려져 있다. 그녀의 작품은 사랑, 상실, 자연, 내면의 고독 등을 주제로 한 짧고 음악적인 운율이 특징이며 1918년 시집 《사랑의 노래》로 퓰리처상을 수상하며 명성을 얻었다.

잊어버립시다

S. 티즈데일

잊어버리세요, 꽃을 잊듯이,

한때 금빛으로 타오르던 불을 잊듯이,

영원히 아주 영원히 잊어버리세요,

시간은 친절한 벗, 우리를 늙게 하지요.

누군가 묻거든, 이렇게 대답하세요.

그건 벌써 오래전에 잊었노라고,

꽃처럼, 불꽃처럼, 오래전에 잊힌

눈 위에 뭉개진 발자국처럼 잊었노라고.

부드러운 비가 내릴 거예요

S. 티즈데일

부드러운 비가 내리고 흙내음이 퍼질 거예요

반짝이는 소리로 선회하는 제비들과

개구리들은 연못에서 밤새 노래하고

야생 자두는 떨리는 흰빛으로 피어나겠지요

울새들은 불꽃 깃털을 걸치고

낮은 철사 울타리 위에서 제멋대로 휘파람을 불 거예요

그러나 아무도, 단 한 존재도

전쟁에 대해 알지 못할 거예요.

새도, 나무도

인류가 완전히 사라진다 할지라도

새벽녘 봄의 여신이 눈을 뜰 때조차

우리가 사라졌음을 거의 깨닫지 못할 거예요.

물물교환

S. 티즈데일

인생은 아름다움을 팔고 있어요.

모든 찬란하고 눈부신 것들,

절벽에 하얗게 부서지는 푸른 파도,

흔들리며 노래하는 불꽃,

놀라움으로 눈을 반짝이는 아이의 얼굴들.

인생은 아름다움을 팔고 있어요.

금빛으로 흐르는 음악,

비에 젖은 소나무의 향기,

그대를 사랑하는 눈빛과 그대를 안아주는 팔,

그리고 영혼의 고요한 기쁨을 위한

밤하늘의 별 같은 성스러운 생각들.

그대가 가진 모든 것을 다 주고라도 아름다움을 사세요.

사고 나서는 그 값을 따지지 마세요.

평화로 가득한 단 한 시간의 흰 노래를 위해서라면,

수많은 고통의 세월쯤은 기꺼이 버려요.

황홀한 한순간을 위해서라면

그대가 지금까지였던 모든 것,

혹은 될 수 있었던 모든 것을 다 바치세요.

애너벨 리

E. A. 포

아주 오랜 옛날

바닷가 어느 왕국에

당신이 알지도 모르는 한 소녀가 살았어요.

그녀의 이름은 애너벨 리.

그녀는 나를 사랑하고 내게 사랑받는 것만

생각하며 살았지요.

바닷가 왕국에서

그녀도 어렸고 나도 어렸지만

나와 나의 애너벨 리는

사랑 그 이상의 사랑을 했어요

날개를 가진 하늘나라 천사도

부러워할 그런 사랑을요.

분명 그 때문이었어요.

바닷가 왕국에 구름을 빠져나온 바람이

내 아름다운 애너벨 리를 차갑게 만들어버렸어요

그리하여 그녀의 고귀한 친척들이

그녀를 내게서 빼앗아

바닷가 왕국 무덤 속에 가두어버렸답니다.

우리가 가진 행복의 반도 가지지 못했던

하늘나라의 천사들이 샘을 냈거든요.

그래요, 분명 그게 이유였어요

(바닷가 왕국 사람들은 모두 알고 있어요)

밤사이 바람이 구름을 빠져나와

그녀를 차갑게 식히고 나의 애너벨 리는 숨을 거뒀지요.

하지만 우리의 사랑은 훨씬 더 강했어요

나이 많은 사람들의 사랑보다도

현명한 사람들의 사랑보다도

그리고 천상의 천사들도

바다 밑 악마들까지도

어여쁜 애너벨 리의 영혼으로부터

내 영혼을 갈라놓진 못했어요

달빛이 비칠 때면 난 아름다운

애너벨 리의 꿈을 꾸며

별들이 떠오르면 난 아름다운

애너벨 리의 빛나는 눈동자를 느껴요.

그리하여 파도치는 밤 내내 나의 신부 곁에 누워요.

나의 사랑, 내가 사랑하는 나의 생명이자 나의 신부 곁에.

바닷가 그곳 그녀의 안식처에

파도 소리가 들려 오는 바닷가 그녀의 무덤에.

E. A. 포(1809~1849)

미국의 시인이며 소설가, 평론가이다. 그는 미국 낭만주의 문학의 대표 시인이자, 현대 미스터리와 공포 문학의 창시자로 평가받는다. 그의 시와 단편은 죽음, 광기, 아름다움, 상실, 그리고 불안한 자의식을 주제로 하며, 섬세한 음악성과 음울한 상징으로 가득 차 있다. 작품으로는 <애너벨 리>, <엘도라도>, <까마귀> 등의 시와 《어셔 가의 몰락》, 《모르그 가의 살인 사건》, 《검은 고양이》, 《도둑맞은 편지》 등의 소설 다수가 있다.

라일락꽃 필 무렵의 노래

W. 휘트먼

라일락꽃 필 무렵의 기쁨을 나에게 노래해 주오.

이른 여름의 기념품, 나의 언어와 입술로 아름다운 자연을 노래하게 해주오.

반겨주는 표지를 거두어들이오.

연못 속에 우는 청개구리는 사월과 오월에 상쾌한 대기를 만들고

벌과 나비, 참새에게 소박한 가락이 있고

푸른 새와 날쌘 제비, 황금빛 날개를 반짝이는 딱따구리도 잊지 않고 찾아왔네.

조용한 아지랑이, 짙은 연기와 안개

물고기가 있는 어렴풋한 호수와 파란 하늘

즐거운 모든 것은 반짝이며, 냇물은 흐르고

단풍나무 숲, 상쾌한 이월의 날들과 설탕 만들기

빛나는 눈과 밤색 가슴의 로빈새는 해 뜰 때 맑은 노래

해 질 때 또한 노래 부른다네.

사과밭 나무 사이 날아다니며 자기 짝의 둥지 만들고

눈이 녹는 삼월, 노란 싹은 버들강아지에 나고

이제는 봄이 온다. 여름이 온다.

이 계절에는 무엇이 있나?

그대, 풀려난 영혼이여, 초조해할 까닭 없는 영혼이여

자, 여기에 더 지체하지 말자.

어서 일어서서 떠나버리자!

오, 만일 새처럼 날 수만 있다면!

오, 배를 타고 멀리 가버릴 수 있다면!

오, 영혼이여 그대와 같이 바다 위를 달리는 돛단배처럼 달리고 싶구나.

이 암시, 서고, 푸른 하늘, 풀, 그리고 아침 이슬을 모으며

라일락의 향기, 심장 모양의 검푸른 잎이 있는 관목

순결로 이름난, 섬세하고 파란, 조그만 산오랑캐꽃

하나만을 위함이 아니라, 모두의 분위기를 위해서

내가 사랑하는 수풀을 아름답게 하리라.

새들과 더불어 노래하리라.

회상 속에 돌아오는 라일락꽃 필 무렵 기쁨의 노래를.

W. 휘트먼(1819~1892)
미국의 시인이자 수필가이다. 미국 문학사에서 '자유시의 아버지'라 불리며,
미국의 국민 시인이자 가장 위대한 시인으로 평가받는다. 초월주의에서 사실
주의로의 과도기를 대표하는 인물의 한 사람으로, 그의 작품에는 두 양상이
모두 흔적으로 남아 있다. 그의 시는 개인의 영혼과 대중의 삶, 육체와 정신,
인간과 우주를 하나로 엮는 거대한 찬가이다. 작품으로 《풀잎》이 있다.

추위에 떨어본 사람이
태양의 따스함을 안다

W. 휘트먼

추위에 떨어본 사람이라야

태양의 따스함을

진실로 느낀다

굶주림에 시달린 사람이라야

쌀 한 톨의 귀중함을

절실히 느낀다

그리고 인생의 고민을

겪어본 사람이라야

생명의 존귀함을 알 수 있다

05

시의

향기 속으로

이른 봄

L. N. 톨스토이

이른 봄

풀은 겨우 고개를 내밀고

시냇물과 햇빛은 약하게 흐르고

숲의 초록색은 투명하다.

아직 목동의 피리 소리는 아침마다

울려 퍼지지 않고

숲의 작은 고사리도

아직은 잎을 돌돌 말고 있다.

이른 봄

자작나무 아래서

미소를 머금은 채 눈을 내리깔고

내 앞에 너는 서 있었다.

내 사랑에게 보내는 응답으로

살며시 눈을 내리깔았던 너

생명이여, 숲이여, 햇빛이여!

오오, 청춘이여, 꿈이여!

사랑스러운 네 얼굴을 보며

나는 울었노라.

이른 봄

자작나무 아래서

그것은 우리 생애의 이른 봄

가슴 가득한 행복, 그 넘치는 눈물

생명이여, 숲이여, 햇빛이여!

자작나무 잎의 연푸른 화사함이여!

L. N. 톨스토이(1828~1910)

러시아의 소설가이자 시인, 개혁가, 사상가이다. 사실주의 문학의 대가이며
세계적으로 위대한 작가 중 한 명으로 꼽힌다. 도스토옙스키, 투르게네프와
함께 러시아 3대 문호로 꼽히며, 주요 작품으로 《전쟁과 평화》, 《안나 카레
니나》, 《부활》 등의 장편 소설과 《이반 일리치의 죽음》, 《바보 이반》 등 중
편 소설이 있다.

손님

L. N. 톨스토이

우리가 가진 생각은 손님과 같다.

좋은 사람이든 나쁜 사람이든 손님을 비난할 수는 없다.

하지만 우리는 나쁜 생각을 몰아내고

좋은 생각을 지킬 수 있는 힘을 가지고 있다.

우리의 힘은 생각에 있다.

그리고 그 사실을 잊지 않는다면

많은 악이 사라질 것이다.

감정은 의지와 상관없이 생겨난다.

하지만 생각은 그 감정을

받아들일 수도, 거부할 수도 있다.

우리가 가진 생각이

모든 것의 핵심이다.

삶이 그대를 속일지라도

A. 푸시킨

삶이 그대를 속일지라도

슬퍼하거나 노여워하지 말라.

슬픈 날들을 참고 견디면

기쁨의 날은 반드시 오리니.

마음은 언제나 미래에 사는 것

현재는 한없이 우울한 것

모든 것은 순간적인 것, 모든 것은 지나가리니.

지나간 것은 그리움이 되리니.

A. 푸시킨(1799~1837)

러시아의 시인이자 소설가이다. 러시아 문학의 기초를 세운 인물로, 흔히 '러시아 문학의 아버지'라 불린다. 그의 작품은 러시아어를 예술적 언어로 정립시켰고, 이후 도스토옙스키, 톨스토이, 체호프 같은 대문호들에게 결정적인 영향을 주었다. 그는 프랑스적 세련미와 러시아 민속적 정서를 융합시켜 낭만주의에서 사실주의로의 전환점을 마련했다. 그의 작품 세계에는 자유, 운명, 사랑, 인간의 존엄 같은 주제가 반복적으로 나타난다.

나는 당신을 사랑했습니다

A. 푸시킨

나는 당신을 사랑했습니다.

그 사랑은 아직도

내 마음속에서 불타고 있습니다.

하지만 내 사랑으로 인해

더 이상 당신을 괴롭히지는 않겠습니다.

슬퍼하는 당신의 모습을

절대 보고 싶지 않으니까요.

말없이, 그리고 희망도 없이

당신을 사랑했습니다.

때론 두려워서, 때론 질투심에 괴로워하며

오로지 당신을 깊이 사랑했습니다.

부디 다른 사람도 나처럼

당신을 사랑하길 기도합니다.

나는 당신을 사랑했습니다

작은 꽃 하나

A. 푸시킨

바싹 말라 향기 잃은 작은 꽃 하나

책갈피 속에 잊힌 채 있네

그것을 보니 갖가지 상상들로

어느새 내 마음 그득해지네

어느 봄날 어디에서 피었을까

얼마나 피었다가 누구 손에 꺾였을까

아는 사람 손일까, 모르는 사람 손일까

무엇 때문에 여기 끼워져 있나

무엇을 기념하려 했을까

사랑의 속삭임, 아니면 숙명의 이별일까

아니면 고요한 들판, 숲 그늘 따라

호젓하게 산책하던 그 어느 순간일까

그 남자 혹은 그 여자는 아직 살아 있을까

지금 어디서 살고 있을까

그들도 시들어버렸을까

이 이름 모를 작은 꽃처럼

동방의 등불

타고르

일찍이 아시아의 황금 시기에

빛나던 등불의 하나였던 코리아,

그 등불 다시 한번 켜지는 날에

너는 동방의 밝은 빛이 되리라.

마음에는 두려움이 없고

머리는 높이 쳐들린 곳,

지식은 자유스럽고

좁다란 담벽으로 세계가 조각조각 갈라지지 않는 곳,

진실의 깊은 속에서 말씀이 솟아나는 곳,

끊임없는 노력이 완성을 향하여 팔을 벌리는 곳,

지성의 맑은 흐름이

굳어진 습관의 모래벌판에 길 잃지 않는 곳,

무한히 퍼져 나가는 생각과 행동으로 우리들의 마음이 인도되는 곳,

그러한 자유의 천국으로

내 마음의 조국 코리아여 깨어나소서.

타고르(1861~1941)

인도의 시인, 소설가, 화가, 사상가이다. 인도의 정신적 스승으로 불리며 영혼, 자연, 인간의 자유를 노래한 인도 문예 부흥의 상징적 존재이다. 그의 사상은 인간과 자연, 신의 합일, 동서 문명 간의 조화, 식민지 시대의 정신적 해방을 강조했고, 그의 시는 전형적이고 낭만적인 인도의 이미지가 아닌, 인도의 현실을 담담하게 보여주었다. 1913년에 아시아 최초로 노벨 문학상을 수상했으며, 대표작에 <기탄잘리>, <초승달> 등이 있다.

기도

타고르

위험에서 벗어나게 해달라고 기도하지 말고

위험에 처해도 두려워하지 않게 해달라고 기도하게 하소서

고통을 벗어나게 해달라고 기도하지 말고

고통을 이겨 낼 가슴을 달라고 기도하게 하소서

생의 싸움터에서 함께 싸울 동료를 보내 달라고 기도하는 대신

스스로 힘을 갖게 해달라고 기도하게 하소서

두려움 속에서 구원을 갈망하기보다는

스스로 자유를 찾을 인내심을 달라고 기도하게 하소서

나의 성공에서만 신의 자비를 느끼는 겁쟁이가 되지 않게 하시고

나의 실패에서도 신의 손길을 느끼게 하소서

당신 곁에

타고르

하던 일 모두 뒤로 미루고
잠시 당신 곁에 앉아 있고 싶습니다.

잠시라도 당신을 보지 못하면
마음에는 안식이 이미 사라져버리고
고뇌의 바다에서 내가 하는 일은
모두 한없는 번민이 되고 맙니다.

불만스러운 낮 여름이 한숨을 쉬며
오늘 창가에 와 머물러 있습니다.
꽃이 핀 나뭇가지 사이사이에서
꿀벌들이 잉잉 노래하고 있습니다.

임이시여, 어서 당신과 마주 앉아
목숨 바칠 노래를 부르렵니다.
신비스러운 침묵 속에 가득 싸인
이 한가로운 시간 속에서.

바닷가에서

타고르

아득한 나라 바닷가에 아이들이 모였습니다.

높푸른 하늘은 그림같이 고요하고,

물결은 쉴 새 없이 넘실거립니다.

아득한 나라 바닷가에

소리치며 뜀뛰며 아이들이 모였습니다.

모래성 쌓는 아이,

조개껍데기 줍는 아이,

마른 나뭇잎으로 배를 만들어

웃으면서 큰 바다로 떠나보내는 아이,

모두 바닷가에서 재미나게 놉니다.

그들은 헤엄칠 줄도 모르고,

고기를 잡을 줄도 모릅니다.

어른들은 진주를 캐고, 상인들은 배로 오가지만

아이들은 조약돌을 모으고 또 던질 뿐입니다.

그들은 보물에는 욕심이 없고
고기잡이할 줄도 모른답니다.
파도는 깔깔대며 부서지고
기슭은 흰 이를 드러내며 웃습니다,

사람과 배를 송두리째 삼키는 파도도
자장가를 부르는 엄마처럼
나지막이 노래 부릅니다.
바다는 아이들과 재미나게 놀고,
기슭은 흰 이를 드러내며 웃습니다.

아득한 나라 바닷가에 아이들이 모였습니다.
길 없는 하늘에 폭풍이 일고
흔적 없는 물 위에 배는 엎어지며
죽음이 배 위에 있지만, 아이들은 뛰놉니다.
아득한 나라 바닷가는 아이들의 큰 놀이터입니다.

종이배

타고르

날마다 나는 종이배를 하나씩 흐르는 강물에 띄워 보냅니다.

나는 크고 검은 글씨로 종이배에 내 이름과 사는 마을을 적어 놓습니다.

낯선 나라 누군가가 내 배를 발견하고 내가 누구인지 알아주길 바랍니다.

나는 우리 집 정원에서 따 온 슐리꽃을 내 작은 배에 싣고 이 새벽의 꽃들이 무사히 밤의 나라에 닿기를 바라고 있습니다.

나는 종이배를 띄우고 하늘에 떠 있는 부푼 흰 돛 모양의 조각구름을 바라봅니다.

하늘에서 내 또래 장난꾸러기 친구가 내 배와 겨루기 위해 바람을 날리는지 알 수 없어요!

밤이 되면 나는 팔에 얼굴을 묻고 밤별들 아래 내 종이배가 흘러가는 꿈을 꿉니다.

잠의 요정들이 그 배에 노를 젓고 뱃짐은 꿈으로 가득한 바구니입니다.

슬프고 괴로운 일을 만나거든

마르쿠스 아우렐리우스

슬프고 괴로운 일을 만나거든

이렇게 생각하라

지금의 이 괴로운 일은

앞으로도 있을 것이고

다른 사람들도 예외는 아니라고

또 이렇게 생각하라

이런 일은 오늘 처음 겪는 괴로움이 아니고

과거에도 있던 일인데 다만 지금은

다 잊고 무관심해졌을 뿐이라고

그대가 지금 괴롭고 슬플지라도

이는 단지 하나의 시련에 지나지 않는다

쇠는 뜨거운 불에 달구어야 강해진다

그대도 지금 겪고 있는 시련을 통해서

더욱 굳센 마음을 지니게 될 것이다

마르쿠스 아우렐리우스(121~180)

고대 로마의 황제이자 스토아 철학자이다. 그의 저작 《명상록》은 황제가 스스로 자신의 삶을 반성하고 마음을 다스리기 위해 썼던 글로, 자신에게 바치는 내적 독백이었다. 공개를 목적으로 쓰인 것은 아니었으나 후대에 스토아 철학의 고전으로 전해졌고, 덕과 자연, 이성과 운명, 겸손, 자기 절제 등이 중심 내용이다.

사랑

바울

사랑은 오래 참고 사랑은 온유하며

사랑은 시기하지 아니하며

사랑은 자랑하지 아니하며 교만하지 아니하며

무례히 행치 아니하며

자기의 유익을 구하지 아니하며 성내지 아니하며

악한 것을 생각하지 아니하며 불의를 기뻐하지 아니하며

진리와 함께 기뻐하고 모든 것을 참으며

모든 것을 믿으며 모든 것을 바라며

모든 것을 견디어 낸다

사랑은 언제까지든지 떨어지지 아니하나

예언도 사라지고 방언도 그치고 지식도 사라진다

그러므로 믿음, 소망, 사랑

이 세 가지는 항상 있는데

그중에 제일은 사랑이라

바울(5~67 추정)

초기 그리스도교의 사도로, 신약성경의 주요 저자이자 초기 그리스도교 신학
의 기초를 세운 인물이다. 그는 원래 '사울'이라 불렸으며 열렬한 유대교 바리
새파 신자로서 초기 그리스도 교인들을 앞장서서 박해했으나, 예수의 음성을
들은 이후 회심하여 이후 그리스도교의 초기 신앙에 막대한 영향을 끼쳤다.
그는 유대인이 아닌 이방인들에게 복음을 전한 최초의 사도로 '이방인의 사도'
라 불리며, 복음을 전하다 여러 차례 투옥되었고 마지막에는 로마에서 황제
네로 치하에 참수형을 당한 것으로 전해진다.

필사를 마치고